Aus der Welt der Tiere

FRAU KÄNGURU MIT KIND

In weiten Sätzen springt
Frau Känguru mit Kind
Da weht so stark der Wind
Schon ruft – das Kind
Vom Känguru:
Mutter, mach' den Beutel zu.

Erich Meyer

Aus der Welt der Tiere

Heitere und ernste Verse

von

ERICH MEYER

Bildnachweise:
Bildmotive „Hund"
Sylvia Schroll, Glinde
Annabell Pralow, Hamburg
Bildmotiv „Katze"
Peder W. Strux, Hamburg
Umschlaggestaltung und Satz:
Peder W. Strux, Hamburg
Herstellung und Verlag:
BoD - Books on Demand, Norderstedt
ISBN 978-3-7528-9294-9

Buchtitel:
Aus der Welt der Tiere

INHALT

Worte – vorab

Die Verse dieses Buches tauchen ein
in die Welt von Tieren – in die Sorgen,
Nöte und auch Freuden ihres Alltags,
in ihr Glück und in die Radikalität ihres Daseins.
Tierisches?
Mit einem leichten Zwinkern
und Schmunzeln zu lesen –
gar auch Menschliches?
Ein Blick in die kreatürliche Welt
– auf humorvolle Weise.
Viel Freude beim Lesen!

Erich Meyer
Hamburg
Sommer 2018

Wo Humor
die Einkehr hält,
ist die Weile wohl bestellt.

Erich Meyer

>><<

HEUTE FISCH

Rosen zu der Mauer
Katze auf der Lauer
Vogel singt im Baum
Kind will Fischlein schaun
Tritt den kleinen Eimer um
Katze – gar nicht dumm:
Lecker – und ganz fein
Dann wird's heute Fisch nun sein.

FRAU MEERSCHWEIN

Frau Meerschwein wartet schon
Auf die Tochter – auf den Sohn
Ultraschall er war
Ok – nun alles klar.

Zu der Nacht – zur Mondenstunde
Die erste Wehe nahm die Runde –
Nun kamen weitere hernach
Frau Meerschwein in den Wehen lag.

Eine Dreier-Kinderschar
Frau Meerschweins Wünschen war
Die Nummer Eins – schon aus dem Gatter
Seit kurzem selbst schon Va(t)ter
Nummer Zwei und Drei – im Doppelpack –
Mehr Schwein als Glück gehabt.

KELLERKINDER

Draußen gleißt der Sonne Schein
Zum Erdenzimmer sich kein Licht
In das Dunkel bricht
Da die Mutter bringt allein
Zu der Welt die Kinderlein.

Schon bald – die Kinder sehr behände
Die Mutter mahnend hebt – die Hände:
Den stolzen Vogel – flink die Katze frisst
Das Eichhorn – sich beim Sprung vermisst
Ihr – nun meine Kinderlein
Ihr – sollt Kellerkinder sein.

AUF DEM GELEGEAMT

Den ersten Flug nun tut
Die Mutter zu der Kinder Hut
Der Kinder Namen kundzutun
Dem Gelegeamt –
Die Namen dort notiert
Die Kinder registriert
Mit strengem Blick
Und Federkiel.

Schon hebt die Mutter das Gefieder
's geht nach Hause wieder –
Rabenmutter – und die Kinder klein
Kehren fröhlich wieder heim.

Ein and'rer Vogel
Noch beim Amte sitzt
Man auch nach seinem Namen fragt:
Wie heißt du – grauer Vogel – sag'!

Ich kenne meinen Namen nicht
Auch Mutter – Vater – unbekannt
Ich rufe Kuckuck in das Land –
Der graue Vogel sagt.

Du armer Vogel – grau im Land
Du sei'st nun Kuckuck
Hier genannt –
Die Worte von dem Amt.

ALLEINERZIEHEND

Sie trug ihn schwer auf ihrem Rücken
Den Gatten über Straßen – Brücken
Es war die Zeit – da ihre Niederkunft
Zu dem alt-vertrauten Sumpf –
Da schritt einher der Adebar
Krötenfrau – alleinerziehend war.

ARMER MANN

Das Netz war aufgespannt
Man sich zur Liebe fand
Frau Spinne – Muttersein empfand –
Doch je – sie dann den Mann verschlang.

DIE GARTENMAUS

Da kam vom Baume ab
Die Fledermaus seitab
Hinab – zum Abendweg.

Da kam die Gartenmaus heran
Wollt' nach Haus – so schnell voran
Sieht – die Fledermaus am Weg.

Bist du wirklich eine Maus?
Langsam – siehst so anders aus.

Da kam 'ne Katze – flink die Kralle
– Hochmut vor dem Falle –
Oben zieht – die Fledermaus
Die Gartenmaus – kam nicht nach Haus.

DISPUT

Es war zur Sonnenzeit
Der Herr Giraffe war bereit
Doch lieber sie vom Baume fraß
Stieß heftig ihn ins grüne Gras –
Da kriegte er – 'nen dicken Hals
Und ging auf neue Balz.

KOPF IM SAND

Da trifft sie nun nach langer Zeit
Sein Lächeln heiter – und noch breit
Den alten Dandy wieder
Schaut ihr wieder – ins Gefieder –
Sie wissend – noch genau
Er geschaut zur and'ren Frau
Allein zurück – er ließ sie beim Gelege
Dass sie seine Kinder pflege –
Sie zur Stund' ihn wieder fand
Und wieder war – sein Kopf im Sand.

UNERFÜLLT

Er nicht die Liebe fand
So ging er fort zum Strand
– Das Stachelkleid fand seinen Weg
Schob sich hinan zum Steg –
Er träumte schon vom ersten Kuss
Es nun geschehen muss –
Da fiel ins Wasser er hinein
See-Igel – wird er niemals sein.

LA VIE

Es hebt vom Puppenort
Der Schmetterling sich fort –
Wohl setzt er gleich sich nieder
In den Maienflieder –
Doch oh – ein Vogel vis-a-vis
– c'est la vie.

DIE ENTE

(auch 2CV)

Vater – Mutter – und das Kind
Auf dem Weg zum Teiche sind
Füßen platt auf Zebras Rücken
Ohne auf den Knopf zu drücken.

Man doch nur langsam gehen kann
Da stiebt ein Auto schnell heran –
Mutter schüttelt Kopf – und das Gefieder
Denkt an ihre Oma wieder –
Als es noch die ENTE gab.

Automarke: 2CV der Firma Citrœn – ein bis Ende der 1980er Jahre
produzierter PKW, besonders beliebt bei jungen Leuten.
Der Wagen hatte die Form eines Entenkörpers, war einfach
ausgestattet und von geringer Leistungsstärke.
Dieser Kultwagen wurde liebevoll „Ente" genannt.

TRAUERSCHWAN

Familie Schwan – so schmuck und weiß
Nach der Sonne Wohlgeheiß
Übers Wasser zieht –
Unbeschwert – die Kinder spielen
Doch gemischt – die Eltern fühlen –
Zu dem and'ren Ufer kam
Ein Trauerschwan.

KRISENFALL

Es tanzt zum Feld der Hase
Der Mutter auf der Nase
Herum – und das ist dumm
Da zieht am Ohr sie ihn
Er kennt wohl keine Disziplin
Da läuft er fort – der Hase
So schnell da zu der Stra(s)e
Da fährt ein Bauer – welch ein Glück
Den Pflug zum and'ren Weg zurück –
Doch zu dem Glück – noch die Moral:
Löst erst den Streit – den Krisenfall.

LIEBLINGSTANTE

Heiter und gelöst
Der kleinen Echse Spiel
Leise in der Sonne döst
Ihre Lieblingstante –
Doch von des Schiefers steiler Kante
Der Echse Lieblingstante
In die Spalte fiel.

MÄUSETOCHTER

Frau Uhu – hoch im Wipfel wacht
Lauscht in die mondbeschien'ne Nacht
Wohl unten gar ein Rascheln klingt
Mäusetochter spät nach Hause springt –
Frau Uhu – hoch im Wipfel wacht
Zu der mondbeschien'nen Nacht –
Mäusetochter – mausetot.

IN MEMORIAM

Trauer bei der Grillenschar
Fideloh – ihr Meister war
Noch zuvor – zur Blauen Stunde
Spielte er sein Lied zur Runde –
Ehe zu der späten Nacht
Die Ameisen – ihn fortgebracht.

BIENEN-STICH

Von der Frucht – der Erdbeerhecke
Frisst die dicke Wegeschnecke
Da kommt im weiten Bogen
Eine Biene angeflogen
Sie außer sich vor Wut
Der Schnecke gar nichts Gutes tut –
Zurück – ihr Weg zur Wabe
An der Schnecke – sich die Kröte labe.

LAUSIG

Nicht zu Blatte kam die Laus
So blieb der Honigtau denn aus
Keine süße Molke war
Sauer die Ameise – klar –
Lausig – dieser Sommer war.

ES BRENNT!

Feuer – Feuer!
Ruft der Fisch –
Alles flüchtet weit hinaus
Alle nehmen sie Reißaus
Hering – Barsch – und Kabeljau
– Gemächlich treibt
Die Feuerqualle.

DER TRAURIGE MOPS

Es träumt der Mops
Er sei ein Pfau
Ein buntes Rad sei seine Schau
Die Pfauenfrauen ihn verehrten
Sie ihn Tag und Nacht betörten –
So trägt er manch 'nen Schmerz
… Er doch ein gutes Herz.

'S IST MEINE WELT

Flink – das Eichhorn springt
Sich geschwind zum Wipfel schwingt
Unten – laut ein Hund dort bellt
Das Eichhorn oben lacht:
Schau – 's ist meine Welt.

>><<

VITA und KONTAKT

Erich Meyer

*1946 in Hamburg

Studium

Erziehungswissenschaften, Sonderpädagogik

Oberstudienrat an Sonderschulen i.R.

Schreibt vorwiegend Lyrik

KONTAKT

E-Mail Erich Meyer

erich.2005@freenet.de

WEITERE VERÖFFENTLICHUNGEN
von E R I C H M E Y E R

die welt in vielen farben
Verse des Schauens
Norderstedt 2017
ISBN 978-3-7448-7707-7

erden-augenblicke
Norderstedt 2018
ISBN 978-3-7460-8620-0

Gedichte, in: Bader, Wolfgang (Hg.),
Nebel streif zug der Literatur 2017
- Herbstanthologie - , S.180-182
Neckenmarkt 2017 --- ISBN 978-3-99064-145-3

HAIKU
Norderstedt 2016
ISBN 978-3-8482-3767-8

Lyrik in den Jahreszeiten – *Gedichte*
Norderstedt 2018, Zweite, veränderte Auflage
ISBN 978-3-7392-6257-4

OGENBLICKS
44 plattdeutsche Gedichte
Norderstedt 2016, Zweite, veränderte Auflage
ISBN 978-3-8482-3766-1

spüren – *lyrische Verse*
Norderstedt 2005
ISBN 3-8334-2770-1

TANKA
Norderstedt 2016
ISBN 978-3-7431-0686-4